破
乌鸦

孙冬 著

孙冬诗选集

图书在版编目（CIP）数据

破乌鸦：孙冬诗选集 / 孙冬著. — 南京：江苏凤凰文艺出版社，2017.11
ISBN 978-7-5594-1356-7

Ⅰ. ①破… Ⅱ. ①孙… Ⅲ. ①诗集－中国－当代 Ⅳ. ①I227

中国版本图书馆 CIP 数据核字(2017)第 272851 号

书　　　名	破乌鸦：孙冬诗选集
著　　　者	孙　冬
责 任 编 辑	黄孝阳　王　青
出 版 发 行	江苏凤凰文艺出版社
出版社地址	南京市中央路 165 号，邮编：210009
出版社网址	http://www.jswenyi.com
印　　　刷	江苏凤凰数码印务有限公司
开　　　本	880×1230 毫米 1/32
印　　　张	4.5
字　　　数	72 千字
版　　　次	2017 年 11 月第 1 版　2017 年 11 月第 1 次印刷
标 准 书 号	ISBN 978-7-5594-1356-7
定　　　价	36.00 元

（江苏凤凰文艺版图书凡印刷、装订错误可随时向承印厂调换）

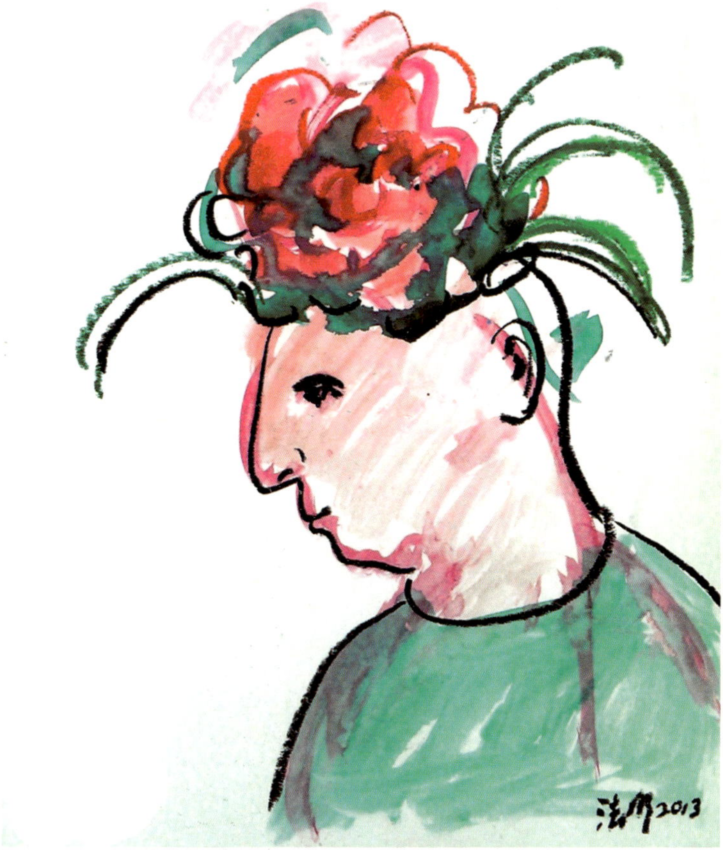

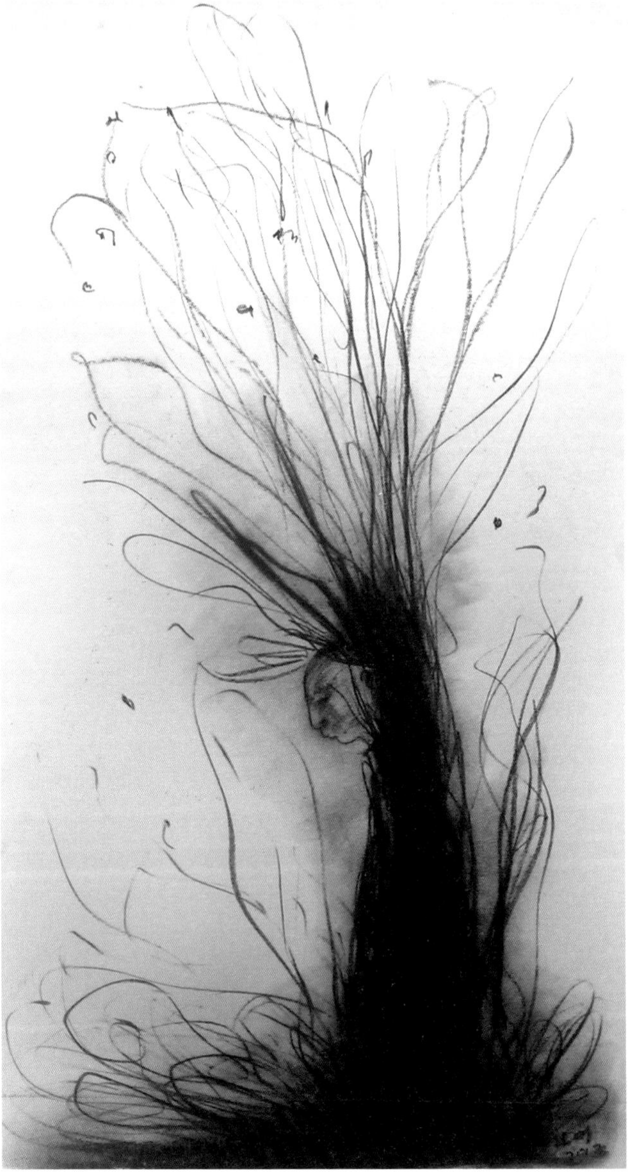

目录

另类、先锋、实验、当代性和后现代 / 001

中秋 / 001

故事 / 003

流动的平原 / 004

帝国的中秋 / 006

疼痛 / 008

失眠 / 010

残荷 / 013

梦 / 015

过天目湖 / 017

扫墓 / 019

母亲组诗 / 021

十一月 / 025

我的村落和猪 / 027

情人节快乐 / 029

去长沙的路上 / 031

Hello / 033

风景 / 035

照片 / 037

废墟 / 039

中年 / 041

春天及一切 / 043

夜宿章渡古镇 / 045

在最炎热的午后喝茶 / 047

植物志 / 049

我们是两种人 / 052

原始的孩子 / 054

在夜里讲笑话 / 056

新年 / 058

梦见土耳其 / 059

约书亚树 / 061

在皖北农村 / 063

风 / 065

时间 / 067

乡愁 / 068

四月 / 070

流浪狗 / 072

下雨 / 073

偶遇 / 075

失败者的节气 / 077

雨夜 / 082

医院的镜子 / 084

旅人 / 086

我的典型生活 / 088

杭州 / 090

诊断 / 092

水调歌头 / 094

苏州 / 096

死去的姐姐 / 098

爱情 / 100

一条路 / 102

下雨天 / 104

午后的阅读 / 106

臭虫 / 107

S / 109

栈桥 / 111

一只好鸡 / 114

中秋在纽约 / 116

在你说话的当儿 / 117

南京 / 119

名字、庖丁及其他 / 122

非对话录 / 125

时间 / 129

父亲节 / 130

敌人 / 132

无题 / 134

另类、先锋、实验、当代性和后现代

很多人声称不喜欢搞概念,其实概念是很好玩的东西,他们像数学题一样,暗藏玄机且有多种解法。而喜欢搞概念的人呢,都喜欢使用它们对艺术进行界定和分类。然而麻烦在于这些概念重叠和纠缠在一起,很难辨认和区分,真正运用起来又很局限,颇有削足适履的嫌疑。但到底这些概念是什么意思,它们的范畴和精神实质如何却没有太多的人深究。一直以来我都想好好研究一下这个问题,一直也没有什么成果,得到一些细碎的思绪,正好可以拿来糊弄一下这个序。

另类、先锋、实验、当代性和后现代这几个概念在很多情况下可以通用。一个作品可以同时属于以上全部类别。另类不一定是创新的或者挑衅的,只是它不在主流的范畴之内,不好界定、不能归类。另类与大众和商业是相对的概念。先锋是一个逼格高、有腔调的词汇。它是高雅严肃艺术的一种激进形式,它通常有明确的宣言,具有推动社会和人类认知变化的任务。先锋性发端于现代主义晚期,带有现代主义的烙印。先锋的姿态一定是孤傲的,使人震惊的、小众的,一定是排斥商业性的。先锋和实验在很多意义上是重叠的,但先锋不一定是实验性的,也可以是以传统形式表现出来的具有先锋意识和出位思想的作品。先锋性的作品需要和观众和读者接受相联系,它应该具有感召力和影响力,如果你把在被窝里创造出来给自己看的东西称为先锋未免有些矫情,即使观念前卫、手法独特也顶多只能说是实验性的。二十世纪的先锋艺术从现代主义向后现代主义延伸,但是现代性并没有退场,二者处于一种悖存、侵润和反哺的状态。先锋艺术是有宗旨、有松散的组织和群体的。当然也有人批判先锋艺术的精英化和体制化。在越来越多的题材和形式被允许甚至鼓励的文化环境中,先锋也就越来越失去锐利的刀刃。就像《荒原》和《尤利西斯》一样,从先锋早已入经典。

实验性可以发生在任何时代,它认为当下艺术的腐朽和乏力是其自身表现形式的问题,遂对传统表现形式发起挑战，试图对既有的艺术手段进行创新，建立一种新的概念、打破和延伸边界，从而达到一种与众不同的效果。它并不排斥商业性，也没有推动社会进步的企图。约翰·沃克(John A. Walker)[①]说"实验性"这个词是褒贬的合体。它可以指代大胆创新和勇于探索，也有未完成、无章法和瞎胡搞之嫌。实验可以针对形式、材料和语言等方面。

当代性是有严格的时间范畴的，且是没有终结的进行时。一般指代二十世纪末期和二十一世纪生产的艺术。当代的并不一定是实验的和先锋的。要在体裁、题材、意象和语言方面体现当代生活和意识，是一种社会时间性，突出此时此刻(Here and Now)的首要性。当代艺术和诗歌要和当下的政治和文化场域产生密切的互动，它具有邀请的姿态，且应有该文化的各种力量和个人参与，当代诗歌也可以向古典致敬，但它不是招魂，而是与当下产生化学反应的炼丹术。如果说现代、后现代是由一些共同的特征所界定的，当代性则不能，在不同文化和传统中，当代性可能迥然不同。

从时间意义上讲，后现代主义并不一定在现代之后，它的蛛丝马迹早就发端于布莱克和弥尔顿等人的诗歌当中。

[①] (Glossary of Art, Architecture and Design Since 1945, 1973, 3rd edn., 1992)

它的集中发难是在二十世纪六十年代。如果说先锋艺术是在某个层面上的越界，而后现代主义则是全面的拆台。它取消高雅严肃艺术和通俗艺术的界限，挑战理性、经典、原创性和宏大叙事。后现代诗歌的核心是对外部指涉的抹杀、对线性和整体性的破坏，杂语的介入、视角的变换以至于对于自我、现实和客观等本质概念的质疑。后现代是对于边缘的声援和对中心的削弱，它将世界和艺术引入一个霸权式微、多元和不确定的地带。与先锋艺术相比，后现代是散漫的，缺乏战斗姿态和政治热情。

抗拒解读也许是这几个流派的共同特点，无论你采撷哪个部分，总有一些被遗落的意义。这让人着实恼火，人们不大喜欢自己不懂的东西。于是乎实验和后现代艺术成为虚无和轻浮的代名词，其实这样的批评是在隔山打牛，放眼当下中国诗坛，多数人仍然还是在浪漫主义和现代主义的传统里写作，不管他们自己冠以自己什么概念和名头，只有少数人开始尝试在诗歌语言和形式上做出后现代取向。当然我们可以说这种局面构成了中国诗歌的当代性。

中秋

又是中秋

月亮,升还是降下来,从无定所里
又被一些歌赋扯远了
嫦娥和风马牛,群居在
一团灰色的童谣里
与我和你都不相干
你我也并不相干,婵娟的事情从何说起
今晚的月,并不在天空,在云端
通过城市的蓝牙
传播给那些残缺的人

当阴影圆满的时候

一切都是连带的损失

我们假想中的肢体

每逢中秋,像真的一样

疼痛

故事

故事之间的路径
多么崎岖啊

但是爆发
爆发造成的偏离

把你我推到一起
在无边缓慢的寂静里

流动的平原

秋雨下在流动的平原
我的心跳,像不敢惰怠的
跳蚤瀑布,也会突然走了斜路

我的口袋里还有一张购物清单
这绝不是随意的什么
不过,它看上去模糊一片

每个人究竟被多给了一点儿什么
又都被抢走了一点儿什么
神大而化之
恐惧、滞留的人在掂量着,毫无根据的光线
逾越了,就成了黑暗的房间

破乌鸦

身份是一条不公平的公路
几团光混合着雨水散落
看上去随意,却不得不认领
我知道人们喜欢被光庇护,
不被庇护的困厄,可以用来脱胎换骨。

黑暗是一个房间,我是一个房间
房间是一个流动的平原……

平原在流动,黎明——
借助滋生的力量,想深入到不可言说的
床和墙都在流动——
我睡眠的褶皱在抽搐——

如果我是别的什么人
也许会在晨曦里
写下一些文字,至少
会说出一些梦话……

可是,我是一个房间
在流动的平原

帝国的中秋

故乡的月

从帝国的角度看去

像一幢旧楼

深紫的走廊

破损的时间轨迹闪烁

异光

雪还下着,在故乡

要打破地方史的记录

地方史里没有

一切罪恶的源头

破乌鸦

证明我是你的,故乡
可是你不能
我没有在场的证据
我一出生就来到现在

那些逝去的生物热能
水银般凝重本来
却像羽毛一样轻薄

被强力去除的
总是被疯狂占满
恐惧轰然而下
而时代广场的雨里
米老鼠在和海绵宝宝
正瓜分一天的收入

故国
落满沉默的黑鸟

疼痛

煮一年的酒,加入

车前子,天光的不安

在每个春天来临的时候

驱赶一种疼痛

召唤另外一种

这诡计至今不破

今夜月圆,这杯酒喝下

唱歌的软体动物,

慢慢现形

爬进散漫的迟钝的夜

安插一个钝的刺

破乌鸦

像一个沉闷的雷

击打着我的肉体
直到
无情无义而又孱弱的意志
像雨一样不着边际地
流着
疼痛润物无声

直到心飞了起来,酒一样的飞着
唱着,柔软着,滑稽着
直到眼睛
充满了很多眼睛

失眠

昨晚在梦里

——很短,就一秒钟——

又回到了这里

故乡

臆想中的家

可惜回去的旅程不能

再返回了

向日葵游戏里

饥饿没有边际

是寻找还是创造,

一个女孩子

破乌鸦

她有洗不完的衣服,
她总是洗着脏衣服
丢弃着干净的
那些肥皂泡泡
带着阴险的目的包裹着她

我喜欢被驯服的空间,
奔波的身体被它盘踞
它们言之凿凿相互佐证,我的昨天
和昨天的昨天,他们的想象
超乎我的想象

肯定有一只笛子,让我日出而作
让我孤枕难眠,
我种的满园春色和
偶然的睡眠好像被人享用过

干瘪且
饱含着远游的苦
我从未带回来爱人

莫名丢失的一句真话

在碎片的图像里，它看上去

不是真的

残荷

酒藏在哪里
气味时而如柱
时而如稀薄的雪片
这个柔软的容器
玄武湖，覆盖着一层丝绒
十一月的冷月
沿着深秋弧形的鱼线
弹跳着，最终倒下了
深秋的湖水，驮着还在抽搐的月影
缓缓地
汩汩地流着，黑色的鱼群

撞着,小心地

吮着

荷颈瘦瘦的踝骨

梦

为什么不唱些

丧歌

这么多年

我凝望一块云

白的绣球

墨的褶皱

红的旗帜

那里

一切不可察觉的凶兆

都快要显现

它突然急剧释放的需要

多余流动的思绪

种种奇观

青春一般的花

青春一般的山峦

它无限衍生的愿望,

在广袤的苍穹之上

像一个巨大的黑洞

像一辆彩色的推车

人类

莫名的兴奋,惊厥的鸟

有时沉入云的梦

醒来又进入雨的幻想

这个时候

为什么不唱些丧歌

梦

过天目湖

平衡如猫

沉默如雷

天目湖

张开传说中的暴风之眼

在这暮春之夜

他的凝视

和万物吻合

无痕

今夜

暴风之眼,如盲人摸象

还没有开启天目

还没有力量

表达忧伤

直到

月亮从湖底升起,托起

一只水鸟

放在风暴的中心

像被毒药泡过的瞳仁

扫墓

这些文字

比没有更少

文字下面的墓碑,年代有些久远了

看上去似乎比天空更加荒凉

偶尔有人

席地而坐

看着不远处的城市

像肺一样吞吐着

人类

在它上方的这一片蓝天

肃穆地孤独着,云彩

闪耀不可理喻的自足
如腐烂的肉体

果然有人席地而坐
在一炷香前将烟吸入
还没完全启动的生活
吐出更加模糊的死亡

天这么蓝
不该来这里，不该
指出莫须有
我们是万千中的万千
也是一个中的一个

母亲组诗

1

母亲,
你不像父亲有离休证
跨过鸭绿江
学过泌尿外科

你看护着生病的医生——我的父亲
他为什么不向你道歉,从来就没有人道歉
你整理中医科的药匣
鱼腥草你拿来给我炒鸡蛋

川贝和梨，你蒸在锅里

你把父亲的听诊器接上

给我跳皮筋

把病历本翻过来，给我写作业

把手术刀给我削铅笔

疾风骤雨里

你殖民了一小片儿的家

拧弯了一小片历史

这多不容易，怎么没有人感谢你

我们又步了父亲的后尘

多年之后，母亲，你种的樱桃依然

最红

记忆中你经常哼的荒腔生调

我偶尔

在漫长而疲惫的生活里，

想想，却唱不出来

2

谁在准备你的悼词
你从未相信过他们

你曾经在世人身上投下的恨
像碎碎的光
都沿着你的小腿,乳房和腹部向无限退缩
在他们的凝视之下
你的沉默,努力地穿过身体将一扇窗
打开

到处都是
颠沛困顿却茫然不觉
的肉体
你的灵魂在整理着
那些眼睛、耳朵和身体分开了,就
覆水难收

我想我能做的就是陪你整理一下

我的灵魂,它在远处

正经历紫色的通道

你的声音

在那里依然清洌

十一月

十一月，阳光和荷叶

玩跳房子

在彼此的眉心

建造一个更小的荷塘

盼望着一个更突然的结局

雨

敲门声一串串，荷茎警觉地

抬起头，

一只忧郁的猛禽，直立着突破晚霞

坠入

晃晃荡荡的心底

十月鼓鼓的胸像被

十一月的尖喙啄开的包裹

一点点露出

自己

从彬彬有礼到

突然疯癫,十一月的鸣啭

预示着这季节到了

分叉的地带。

朔风来了,有更多的树枝敲门

有更多的树叶摔门而去

荷塘

破乌鸦

我的村落和猪

曾经被大清洗
需要大清洗,猪,毛茸茸,百合花的肢体
有着黑色的斑点

某人说,出来耍耍儿,整个村落就都抱起
孩子、风俗、方言、中药汤剂、乌托邦……
猪,展开一口气,飞着追赶那些燕八哥
飞过自家地,小河,墓地,历史
墓地追赶起来,举着祖先的大嗓门,
这是。到哪去啊?

在他们身后,

河流越来越少,雾色越来越灰
越来越多的房屋们将自己连根拔去

黑袜,白腿,在一条虚线上攀援
吹动云的风吹着她
照耀着人的阳光照耀着她,
她们的眼睛四处瞄着,瞄着黑色的停顿
瞄着自己白白的手指

知识分子猪有时候是幽默的
更多的时候,她们双手夹住鼻子,
挤掉多余的油脂粒比如
蝴蝶之冢
因年久失修,虚无掉落下来

那些晦涩而具体的器具,像幽灵
如此占有我们,又狠心抛弃我们
心始终是透明的灰,世界始终是猪圈
恰好,绿灯里的小手放行
那些会飞的猪匆匆地飞过
去哪儿啊,去哪儿啊……

情人节快乐

乾坤不明朗,"爱情"也混沌
你涂鸦一样站立
刑枷的两半鱼
对接在你的颈上

不能温柔地进入,这个良夜
新娘在轮盘赌的桌前擦拭着
爱情和症状,两只
一模一样的杯子

赌局散去,相濡以沫打烊了
背叛尚未成功,路边花已然

相忘于江湖,莲花如血

秋藕如漏勺

情人节,你居然笑了

这必是以善始必以恶终吧

当初你以一己之力劈开爱海

它的合拢也

合情合理

赌徒们是最虔诚的信徒

僧侣们是最大的无神论者

爱人也是无懈可击的撒谎者

情人

在二月血色的良辰

准备停当

去长沙的路上

看着

雨慢慢细细地积攒

时间,在这一小片窗上

有些快的,转眼脱落

变回一朵小花

慢的,长成一条小蛇

首尾相噬

漫不经心地,我们

甩着绽放着的牌,动荡的节奏

回应着轮下的灵魂

受虐的和施虐的

都等待和倾听着……
时间
窗外,有牛群慢慢拖延着
我们的斜睨
鞭打着这些牛,直到,他们
滚下山坡,如泥牛入海
你,只问了下,几点了
我说天亮就分开

Hello

主人一定不喜欢

这匹马

也许是主人的家眷

当年在一出剧中

你绝尘而去,下落不明

一定是你驮去的无字之书

像坛子,在田纳西州的荒野之上

比没有还少,比巨大还大。

Hello,你哒哒的马蹄

不好说是归来还是经过

白皮肤的人们放出了狂吠的星星

黑皮肤的人们支起了帐篷
蓝皮肤的人们唱起来歌
红皮肤的关上了大门

马儿
你从一个人永远走不到很多人那里
也许可以走到很多自己
无论如何
你的心里的红灯记始终照着
自己的脚
你的南腔走到北调走乡音不改的始终
是你的哒哒的马蹄声……

风景

解放路和和平路
我们坐下来,看看风景

天空,云显现出网络
旧事和眼前事
还在老崔的"新长征路上"
在否定之否定之外

我们幸存了,我们在蔓延
滥交
在没有边界的边界上
可我们都运行不良

可我们还在写诗,在手机上

写着爱情,西藏

新长征的路什么也不说,

狂欢之后

我们坐下来看风景

照片

这张照片

我们背着摄影师围在

猫空茶社的桌子两面,玻璃上我们在看着

对面的人,照片上看上去好像却

是看向身后的镜头

午后

后面的教堂有些模糊

游人像是在彩色玻璃里面游泳

耶稣的巨大阴影

蹲在不信神的人儿身旁

明明是在看晚霞，

照片上还有温度

只看到从我开始泛滥开来的

一群密密麻麻的黑点

也许过去某些事情的曲线上升

晚霞才会成像

废墟

污秽的房子

挑了僧衣的灌木枝

地表心因性错乱,佛说:小心自己期冀了什么

鞋子,夹在石缝里

舌头耷拉着

不再饱含劳作和温度

厌恶人们的多情

以及狭促的想象

却无法说出

它并没有在模仿一只脚的形状

小心自己期冀了什么

隐形的翅膀使得

空气粘了太多的羽毛,

人们把肺咳了出来

呼吸的宪法在修订中

女干部从废墟里归来,头戴羚羊角

你的村庄是你的废墟,你的姑娘们在

刺耳、不耐烦的呱噪

发出青春的皮革味道,

像每日例汤里的木屑,要通过古老的食道

进入你,进入你的想象

你的手铐和雾霾,挂在空羊圈,多么情趣盎然

从床脚的兽、蟑螂和美人里

尘世的尘土流淌出来

我没什么怕失去了,佛说小心憎恨什么

废墟照常升起

中年

我曾在你的年少轻狂里,脑袋沉甸甸

裤管空荡荡

但是我爱着自己

我们也许彼此动情

但多数时候我们都孤独地爱着自己

我们面前的这条河也是

看他潺潺地抚摸着自己的石头

我记得我们见过几面,在背井离乡的

某个日子

你说我毫无乡愁

我说你装腔作势

透过记忆的薄雾,千变万化的瞬间
在我们身后重复和突变

来路已经不明
紫色的河马
不远处,我们两个的颌骨在
相互致意

春天及一切

桃花

你的词源模糊了

越洋而来的暖风,出现在你的过去

仿佛各自做了同样的梦

漫游的苦,在枕边人的心里

却无言以对

春天是玷污纯洁的罪魁

他不得不

新娘在郁金香的黑房子里酿着蜜

又甜,又冰,没人尝过,姑娘

不要停止做出可怕的故事

一个牧师

在结香花一个个小小的教堂里

准备仪式,蜡烛、纸、磨一一摆好

偶尔,他会分不清

哪个是环境,哪个想象,或许没有,什么

都没有

所谓环境只是没日没夜的运动,盲目的力

那些没有化成雨露的风

就那样白白地吹着吹着

毛茸茸地抚摸着大地

今夜的犬声,有一阵听起来像是乌鸦

夜宿章渡古镇

在这无何有之地

夜宿,应该是什么的隐喻

太阳或有厌倦的一天,就是这里

没有苍蝇,没有鸡粪,行走没有痕迹

时光,掉落在一口锅里

漆黑着沸腾,不增不减

应该是什么的隐喻

一切原来早有端倪

风吹过充满罅隙的竹楼

寂静无声

他们是彼此的深渊

裸露的墙垣在月亮里

暗淡着

今夕，并不是什么的隐喻

今夕不在任何一个地方

就像中年并不在生和死的中间

中年只是

一时逃脱生死的幻觉

我们的影子，在粗石砾上

一会向左晃，一会向右晃

在最炎热的午后喝茶

此时喝茶

最炎热的午后

喝苍耳 10 克,红花 20

是从家乡寄来的

那些吝啬的春天

融化的雪人

昙花和铁树

不确定地聚合

盘旋

在沸腾的水中

此时喝茶,

在最炎热的午后

即便乡风狡诈

分离的人依旧可爱

苍耳依旧甘温暖肠

小毒也回味绵软

红花利尿

消去肿胀，连子虚乌有的隐痛

也慢慢进入我身后

寂静的空洞

植物志

蒲公英

掀开她的罗裙
一辆脚踏车斜靠在
她的芦苇丛中

三色堇

不知什么时候成片的三色堇
在街上游荡
有些消极地沉思

有些活跃地发颠

人们照旧
什么也没有看见,像看不见邻居
做爱,有时候
他们会豢养一两条狗
一丛野草
两辆废车

蓝色的花

波斯婆婆纳
和七星莲像一对双生子
他们的心散发着
蓝色的氮气

绣球

影像在叠加,
这么一团虚拟的

巴洛克宫殿

吹动云的风,始终吹不动他们

滋润大地的雨始终不能播种他们

我们是两种人

飓风

总是由坏念头引起

你总在修修补补

我总把幸存的花朵掐掉

每天晚饭以后,我们一起看电视

或者看你

在灯下思考

我看着你眼睛里的光

一下一下

而你没有看见我眼睛里的光

一下一下

破乌鸦

深夜

你的钱你的遗产在睡觉

你的电视在梦中说话

那一只永不睡觉的跳蚤

不为什么,活跃异常

在你的床上,我辗转反侧

不知为了什么

原始的孩子

每个孩子

都曾在人生最初的日子

温暖地

写下自我的消息

对于完整一无所知

他们

浑然天成的耳蜗眼眸嘴唇

从未停止成长

但远非长成熟悉的样子

细蔓一样的肢体

在语言之外

破乌鸦

蓬松的地带里攀援

冰川开路,鼠群跟随
他们一路走一路失去
尘世里的家
而他们的名字
虽然千变万化
但始终被完好地封存
没有落入任何人的
口中

在夜里讲笑话

夜

是我们要讲的笑话的背景

风有些大,笑声凄厉

夜深之处,光和影,一脚深一脚浅地跑

周围的植物充满暗合的可能

那些笑话的梗都四散逃开

我顿时张口结舌

声名狼藉的一些事,分明伫立在我面前

像成群结队的狐仙

有的打伞,有的赤脚,有的敲锣,

破乌鸦

有的沉默

我怔怔地看着

他们吃吃地笑。

新年

和你分别之后
敌人陆陆续续地包围过来
到了新年的早晨
决意在时间里一决雌雄
看,他们燃起了爆竹
烟花一株一株聚拢在雾气之中,
有点像北方的冰凌
隔着虚弱记忆,渐远的意识,杂乱地
和未来对峙,
我说错了做错了很多,故乡离我远去
他们再不会派来救兵救我
我隔着玻璃我伸手去抓雨,
恍然抓住了一些灰絮

梦见土耳其

会梦见土耳其

一只流浪犬慵懒地像黄昏

睡在海面上

博斯普鲁斯海峡

最后一抹太阳掐起一朵浪

青色涌起

粉色折翅

会梦见伊斯坦布尔

很多的西柚和石榴滚落

装饰宽松而连绵的街道

梦的舒缓破败的模式好像是在秋天

在小亚细亚

遗落在时间里的歌儿啊

你的手解开我的心

放入我不理解的悲伤

我只是一个梦

不是一个真的过客

你的巴拉玛琴弦为什么

解开我的心

放入解不开的悲伤

约书亚树

一株约书亚树
在亿万年前海出没的地方作蛹

影子每凋谢一次,
树皮就加厚一层
像是很多份死亡证明书

罪行使人类
有生育困难,我们可以试试
在河床在雾霾里在仇恨里在无聊的创造里作蛹
亿万年后和约书亚树一起孵化,
完全无法想象它的样子

在后人类的景观里绚烂

也许能够飞

也许是倒挂在苍穹之下，

让未来想象

我们多汁的肉

我们此刻的惶惑和一种短暂而

奇特的国家地理

在皖北农村

你拔下你身上

小小的鹌鹑羽毛

送与我

贫穷的鸟

灰蒙蒙的双臂和暮霭抱在一起

皖北,羊散落的更加厉害,

散落的房屋挂着自己的坏脾气

仿佛对过多的阳光

抱怨不已

而冬天比别的地方来得早

在皖北乡下,孩子们盼望吃泥鳅

梦见他们滑滑地不肯上来

老人们盼望春天

榆树上又挂满了钱

风

乐观的稗草

像打了鸡血

东风和西风的绝杀里,

庄稼比不得稗草

大风天,声音很容易插入

一个人的头脑

就像,在玻璃上动刀子

把铁杵磨成针

稗草拍打着几千年的脑袋

愚蠢的故事到处传扬

边陲和中心,没什么好区分
风,无端地歌颂,无端地整肃
没日没夜地背书
恐慌地自我证明

大风天,一个人是
一群人的一小块缺口
像鸽子终将是天空的白发

时间

空气

分泌着犹疑的松脂

我和我的灶台一起

凝成琥珀

不分善恶的鸟

在树枝间飞过

在远处,肃寺伫立,你的笑

曲折像一些

小咳嗽,水际渺渺,脆弱如

古老的纸

乡愁

乡愁是眼睛里的火

眼睛里的蜘蛛逃走了

蛛网像一面空镜子

天空在记忆里

像隔岸的火

她有十个梦,十种疾病

十个朋友都灿如春花

老宅还在照片里

炉子里的火

卷曲着变为无形

破乌鸦

很多次

我想好一首短诗

旋即忘却

万物静默如迷

四月

四月是残酷的

钝的笑话外面

沉默的油漆没干

但四月

我有脏雪上的松鼠

我有偏爱的毛孔，

我有面朝大海的掌纹

在曲线上漫游的讯息

一种无知的爱

在四月复苏

四月没有艺术

但我有斗篷

可以避雨

流浪狗

一只狗
耳朵只有一个,在街上走着
迷离蓬乱,表情忧郁,他
像一个流动的涂鸦,
在城市每一个监控里出现

城市和他
是一对儿
没人关心他们怎么吃饭
在哪里睡觉

下雨

今天有人出殡

我们抬头看天,下雨

天空一团煮报纸的颜色

下面万物发痛

有脊柱的发痛

绿色的发痛

闪烁的发痛

乌云像是一群黑衣人

在玩剪刀石头布

石头剪刀布

我们在心里和出殡的人默默地玩着

等待天放晴

好把他抛弃

偶遇

像准备走出条纹的
斑马,你曾
站在早已废弃的车站
一张车票像姑娘一样
撩着你

今晚酷寒
星星突然有了起色
天空仿佛在假释之中

你的故事很松很松
声音的发条越来越松

我们的呼吸松到没有

背叛是必然的,沉默反而紧张起来

你的屁股拷问着沙发

你的脸拷问着我

我们不欠谁的,我说

夜终于伸到你的头脑里,慈祥地摇晃着它

酒也摇晃着它

电视变成了欢腾的海洋

只不过,你说,这么完结有点糟糕

失败者的节气

谷雨

今天谷雨
身体语焉不详
骤热骤冷
脸颊上,两朵山茶花娇艳无比

小满

这一大片青麦
这么一大片

月亮,张口结舌
此前它一直吠着,活跃异常

夜收拢,幽黯的翅膀
将这片麦田又读了一遍
小满了,
它们,像井水又涨满上来一截
寒意,在青麦秆拱起的背上
有些
兴师问罪的意思

雨水

今天雨水
真的下雨了
人们有些颠簸,
但总的来说是没什么意外

秋分

今天秋分
请你放手、放生

冬至

冬天大约晚了半个月
更准确地说是晚了,半个世纪
冬至
其实是一些小余波,还要
过很多年才能结束

惊蛰

长着小牛犊的眼睛
湿润专注,英气逼人
陌生如此亲切
田野的绿色,还未分类,欣欣然等待

返回到春分

大雪

今天大雪,是每年一度

决策的日子

巨大的雪鸟

站成一行

刀子一样的风,吹在我的耳边

好像巫术无声进行,人们仍在梦中

眼皮翻动,口若悬河

盛大的日子

没有什么比餐盘上的雪更加令人

毛骨悚然

白露

被灵魂骚扰

白露,她饱满孤独的肉体

最后不知所踪

大寒

寂静升上来
寒风凛凛
其实和大暑一样
它只是尽力做自己。

昨天的雪
刚刚从一座窄桥上跳下来
寒冷使它失去重力

雨夜

雨夜

星星今夜要向我和盘托出全部意义

地上的耳朵却像一把一把伞

母语是多么有害啊

花儿多么孤芳自赏

像巴黎的女子

膝盖在交叠

雨夜

星星写下两行字,删掉一段

他们不知自哪而生

但他们不想死在

破乌鸦

茂密的森林里

不想死在大海

也不想落在土里。

它们此时

无端端地悬挂在雨中

医院的镜子

我躲在医院的一面镜子后面

打量

医院的天空总是晴朗

那些护士

庸俗的哥特姑娘

睫毛傲慢地扑闪

仿佛奉命侍候了不起的

死亡

星座被推进夜空的时候

心电图在夜色里跳跃

极力打出一条直线

破乌鸦

金属的仪器在相互吸引

身体里的一切都

面面相觑

我打量它们

在医院的一面镜子后面

旅人

走在恍惚之间,
在帝国和故国之间
晃晃荡荡的梅雨也跟来了
嬉皮一样地行走
背着湿漉漉的行囊

书籍旅行的时候,在阅读
什么,窗外新英格兰的灌木
和蜂鸟吗
云的褶皱里
墨

破乌鸦

在流淌

染黑哈德逊河上的落日

没有精怪,旅人的小睡里

也没有

断桥

我的典型生活

　　　　　　　太阳溃败的时候

　　　　　　　最美

　　　　　　　雾霾托起我的脸颊

　　　　　　　天花在花篮里

　　　　　　　水痘在锅里

　　　　　　　一切安好

　　　　　　　世界是你们的

　　　　　　　你们是庞然大物，

　　　　　　　老甲虫

　　　　　　　挖掘着你们的大沼泽

　　　　　　　开着你们的挖沟机

破乌鸦

世界不是我们的

我们是小迷糊

呼吸着小坟墓

生着小痤疮

雾霾中,恍惚最美

苦海和红唇都在

放纵和训诫

碎碎,浅浅和轻轻的都在

一切安好

杭州

孤山

眼睑

一片廊檐的苔藓

还活着

西泠印社

白蛇和寡人和我

金山在镇江

以香醋闻名

柳树负责敲钟

灵隐寺负责收钱

破乌鸦

雷峰塔负责压迫，

他们各执一词

西子湖活着

也死着

诊断

我的子宫原来是托儿所

对面是爱乐乐团

它的问题有些棘手

一年一年厚重的

闷挤压着

像火车在无名小站等待

入冬后的停运

把静脉和动脉

规划成一片阴影的是哪个部门

那一团不肯疏通的情结

本是帝国建造天堂的地方

鼻子中的鸟

在峡谷的痉挛里飞出,这种没有规律的疾病

最难于控制,多半出自

生活的不良嗜好

越往下

我的大脑越分裂

然而压力会让漂浮之物重新聚合,

我决意等待着看

那是什么

尽管时间无比漫长

头发是雌性动物

他们在时间的悲剧中有壮烈殉难的倾向

手指的仕途有些模糊了

他指向哪里都不重要

水调歌头

这肯定是世界上最古老的月亮

我站成一只酒杯,酒精像心脏在跳

不知天上宫阙

是否也豢养时间的狗

我欲乘风归去

却恐高

畏冷

更怕辜负吴刚

你翻开那些楼梯和墙的褶皱

翻开我的被子,月亮

你倾泻而下

把我的双脚捂冷

人有悲欢离合
我怕才思枯竭
回头去当一个小老师
月有阴晴圆缺,我怕身子柔弱
让你孤独终老

黑夜像胡迪尼,缩在月亮里
他出出进进
一事无成
但愿世间沉静如水
但愿世间喧闹如潮
但愿人心都能享受欢爱
但愿欢爱都不会长久

苏州

兄

我的意中人是我

风的淫荡只有寺院知道

当

琵琶缠住钟声,夜半水凉

梅子正好,你才端坐

音已破,台词付之东去

兄,不想载你下一程了

请走出河床

尽管旧时光的枕头软润

破乌鸦

你的庙里香火旺盛

春虫袭人
像那一段日子滞留在唇间
想起那次游姑苏,随手将几个才子放生
斜倚着海棠的笑,不错不错不错

情债不偿
赌债清了,姑苏
月高风黑,小溪拍着桌子
唱着一曲钗头凤

死去的姐姐

姐姐
我们曾经在一起聊天
在谷仓下

巨大的谷仓,像装满了烟丝的
烟斗
在盛夏,我们曾经在这里过瘾
男人们在骄阳下融化

一次,
我们头顶的那片云,突然黑了起来
你说这片天漏了

破乌鸦

真的漏了

而周围人们依然在晒着太阳

村庄在骄阳下融化

爱情

西湖

是一湖有理想的水

在日常的背面波光粼粼

在很远很远的地方

孤独的人

吹着长长厚重的低音

凝视着月亮

月亮也凝望回来

星星抛出的是我们的视线

我们允许

她们制造的那些错误,决定我们命运

破乌鸦

你不是卡夫卡

我不是辛波斯卡

我们的身体在放大中相遇

弯曲而相爱

精神还在行李箱里

还没有归类

我们写下一些东西

像鱼的泡泡

那一夜

我们只关心局部

不关心整体

如今,我在远远的时间里

在红色塌陷里凝视着

我们的离途

湖水都长成了涂鸦

你不是卡夫卡

我不是辛波斯卡

一条路

春天,我的爱人修了一条石板路

像阉割一个性瘾症患者

景色依旧是幸福的

仿佛本来都是一场意外

小时候,山火,村民们说让它烧吧

烧完了就舒坦了

火给大地的皮肤高潮

他们都知道

秋天,我的爱人修了一条天路

他现在跟我称兄道弟,教我们的儿子爬树

破乌鸦

我唱一曲挽歌给云集的香客

我不憎恨他们

景色依旧是美丽的

仿佛本来就是一场意外

小时候，

我走了 10 里的路只为了一顿饭

我走了 20 里的路只为了一个草台班子

我走了 30 里路只为了那里的凄凉

冬天

我没有了爱人

他的路上长满了黑藤，乌鸦叫的更响了

景色依旧是美丽的

一切本来就是一场意外

下雨天

下雨天

写一本工作日志

坐着,抽烟是虚构工作的

正确方式

有一个时间

我几乎可以揪住这场秋雨

几乎穿过它揪住时间的叹息

就写一个雨季拍摄的日记吧

一个悲剧结局我已经想好

我最喜欢的一幕是在剧外
我在她们两个耳边
低语
去
脱下你的衣服
我准备让你们死去

我的目光随时涣散
像雨中止他们的进度
雨已经使得他们延误了一个月
涣散像是无期
他们要拍摄的夏天差不多要过去了
悲剧我已经想好
去
脱下你的衣服

午后的阅读

多边形的午后
花名册的附页里
死难者的名字小得让人着急

我在称为图书馆的小宇宙里塌缩
离历史还有漫长的时间
看戏的人散场很久

我阅读死难者名单
在一个午后
图书馆昏昏欲睡
我差点念出声来

臭虫

雨滞留在某个地方
一个技术问题他们说
一个程序上的臭虫
他们说

我有坚硬的胸
柔软的嘴和一切美好,我把自己停在必然的拐角
天上的云每分钟

经过我一次,却没有带来雨
没有

我想天空永远不会成为我的荒野

云永远不能成为我的名字

雨永远也不会成为我的熔岩

在我黑色的躯体上

像动物狂奔

一个臭虫造成了

我注定不能幸福，在此生

破乌鸦

S

我终于从怨恨的尖锐维度滑落到

平缓和舒适的 S 大调

连历史那么坚硬的

在地图里都弯成

一道 S 的彩虹

像一幅画谜

过去是扑腾在耳朵里的漩涡

有一个桃红色的心在嘶嘶作响

S 把我放在

我一个次要的时间

和一个次要的人

拒绝被赋予重要的意义

隔着玻璃艺术博物馆的窗户看

褐色的候鸟隔着

一排白色建筑

在天空排成 S 形状

时间

我知道它一如既往的坚决,但是只要它许可

我们依然可以在它的心里蜿蜒着穿过

像穿过星星曲折悠长的锁孔

一直去往夜空深处

栈桥

栈桥是回忆必经之地
火车,高密度钢和肉的合体
趁虚而入
创伤一样地回溯着这个轨道
一步一步
说服着山向后退去

栈桥是如何让人生坎坷,河流更加湍急
每当有人问起这些
迷失的人们像
大提琴的低音似的
涌出来了

他们与影子对话

在阴暗的语言里，可他们永远无法

在阳光下描述

记忆如弦上的马

在他们未抵达之处闪现

宽容是空旷的

而那些怨愤和一座

没有坐标的秘密牧场在栈桥的上方

像团团乌云不散

空无守候着它们，用时间

打理着它们

而栈桥的设计在于它站立的姿态

那么多的立场

以及火车的错觉，秘密的维度在栈桥和火车的接触

之际轰然打开和交叠

我们驶进它们，他们对抗、退后、闭合

一切都是多么不可调和啊

创伤的空间已经老去

破乌鸦

而时间的轨迹还刻画在

栈桥的上空

即使碧空如洗

所以,复仇并无意义

所以,宽恕也并无意义

一只好鸡

有感于《一把好乳》

他一上车

我就盯住他了

胸脯厚重

屁股隆起

真是让人

垂涎欲滴

我盯住他的鸡

死死盯住

那鼓涨的鸡啊

破乌鸦

我要是能把他看穿就好了

他终于被我看得有些得意
好像要凑过来说点什么
嗨,我说男人
嘘嘘,别说话
你最好还是乖乖地做只好鸡

中秋在纽约

我们对于异乡的月亮

依然会产生浪漫的遐想

否则我们无计可施

罗斯福酒店也算是琼楼玉宇了吧

念奴娇合着拉丁乐曲

黝黑的男人黏着金发女郎

地球背面吹来的凉风

闻起来是米国的大麻味道

无论如何都

也可以是

完美的中秋

在你说话的当儿

在你说话的当儿,

我把自己折叠了一百次

我把你从天空和大地的背景里

抠出来

在你的后面

天气好的怕人

我把自己从食物里吐出来

我害怕吞咽

所谓经验和五块钱的

大脚板儿

在他们说话的当儿

风的破拖鞋

一脚软一脚硬地在我心里走着

崩溃的步伐

没人说话真不错

天气这么好

我可以扔掉胸罩

卸下大脑中的忙音

让性感的耳膜晒晒太阳

南京

讲真

我们去神马路编造一个宗教

可我总是太懒

不过可以买几个诗人放生

去小粉桥

让风月淹没他们

讲真

我老觉得在渊声巷

有一个人

我应该认识,没有我

他并不存在

对胜利上瘾的钟楼

和对苦难上瘾的鼓楼

就隔着大慈悲社的一户人家

而对语言着迷的小河盘踞

铁心桥

马群

聚集夫子庙思古巷里瞌睡，

他们走的太慢，早被汽车飞机取代

过去几十年

人类渐渐

从止马营移民到

金银街上

鸡鸣寺的月亮被雾霾噎到，寻水到热河，

不幸被弓箭坊的小业主射中

成为诗

古代和爱情都庸常地美着

破乌鸦

一如灰暗的天色滑落在
明朝还是明朝？
不过是一个永恒无聊的
收纳盒子
不以善始，也不以恶终

名字、庖丁及其他

你在我门上写了一行字

××不在家

××是我的名字

我在屋里吃饭,洗漱,起床上床

阅读如厕

管理员替我修好廊灯

邻家大爷好心帮我浇园

我的嘴里长满绿萝

当我在纸上写下

一棵树

我把自己的名字丢给

破乌鸦

刚刚消逝的山坳

一切自然而然地按汉语的语法进行的

当思绪再次迎面扑来

一棵树在我脸上投下一条阴影

一个新的名字

一切按照阳光的语法自然而然进行的

这场约会如期而至

庖丁如何用刀划过

我的名字

父姓+女名是一种纠缠而性感的形状

分离——词和词,沉吟着,以何种方式

从关节的连接词入手,游离于

颅骨软肋髌骨股骨的性别

和磨损的主语

之间

最能表达清楚的只有庖丁了

厨子都是语言大师

人们只夸赞他的技艺,没有人

提到他是一个刽子手

非对话录

爱人：

请 Google 我如果你爱我

请在深夜翻墙

我知道你永远不能翻过人肉

来搜索我

但是，爱人你的关键词

如你的人那么局促

And 或者 Or

我知道你永远不能翻过

这堵墙来找到我

牙痛

你是我的小确幸

施虐者

我不能忍受没人骚扰

不能忍受一个坏时代

不在我胸口留下一个咬痕

蘑菇,你知道

有一半的人害怕菌类

就像害怕另一种形式的同类

其实

死亡是可以吃的

死亡是可以生长的

光明

我黑色的眼睛

是通往黑暗未来的一段导体

女神你很美

破乌鸦

但也就是在你的国度里

我是法西斯童话里的小矮人

我是苟且在正能量里的负数王子

我是麦田里的怪蜀黍

我们滚床单好吗?

完全没听不懂笑话的人:我就知道你们

也是讨厌笑话的人也是忍受不了笑话的人也是

惩罚说笑话的人也是变成笑话的人

花匠

您整洁谦逊艺高胆大

到目前为止我还无法透露我们的秘密

有着千奇百怪创伤的人类

请你们先去疗伤

请你们在谈论

政治道德诗歌爱情性之前

先去疗伤

你好雾霾

我只是在你的汤里戳了一下

无论如何也不会戳出一个洞

亲爱的春梦

你从不让我有时间完成接吻之后

所有其他的事情

破
乌
鸦

时间

黑色的焰火
比云繁华
比云厚重

黑色流动的墓碑
在两个世界的天空上
绽放,打开一扇窗

肤浅的人们
在纸上横向行走的文字
偶尔能被惊醒
瞬间
忧郁了自己的青春

父亲节

五六岁的时候

我爸杀一只家养的鹅

我在旁边看着

我爸爸是一个外科医生,可

屠宰他并不在行,他手起刀落

鹅的脑袋和脖子分了家

哪想没了头的鹅

一跃而起,挺着脖子

冲向大街

我爸就在后面追

我就在后面追我爸爸

破乌鸦

我一会儿喊:大白你快回来

一会儿喊

爸爸你放了大白吧

敌人

如今你像一个圈

如今你圆润温软

我们的融洽

依然像一个眼神那么短

我们的分歧依然像永恒那么长

我的牙齿

慢慢堕入宇宙的涡旋里去了

夏天偷偷地回来

在阁楼里翻书

破乌鸦

如今你像一本经书

你从来没有敌人

而我的双手依旧紧握

不是对你

是对着风

无题

你没来参加我的婚礼
我也没去参加你的葬礼

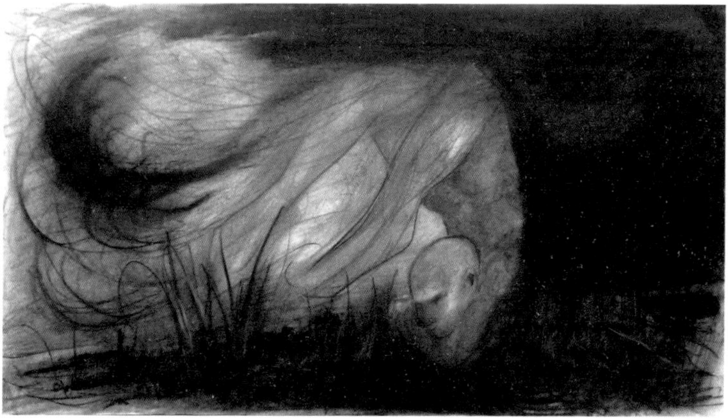

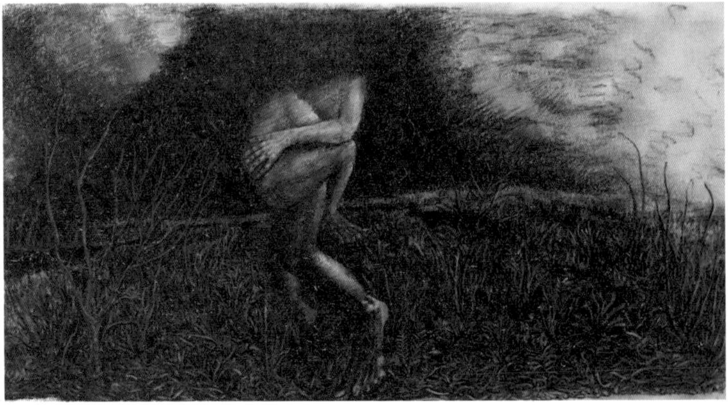